Lettere d'amore del Profeta

28.11.00

... affetto e
simpatia.

Antonella

Kahlil Gibran

Lettere d'amore del Profeta

Versione e adattamento di
Paulo Coelho

Traduzione dal portoghese di Rita Desti

asSaggi Bompiani

GIBRAN, KAHLIL, *Cartas de amor do Profeta*
Traduzione e adattamento © 1997 by Paulo Coelho
Ediouro Publicações S.A., Rio de Janeiro, 1997

This edition published by arrangements
with Sant Jordi Asociados, Barcelona.

ISBN 88-452-3834-2

Via Mecenate 91 – 20138 Milano
Edizione speciale edicola Bompiani febbraio 1999

Prefazione

Lessi per la prima volta *Il Profeta* nel corso degli anni Sessanta. Allora mi servii di un brano del libro, in cui si parla dei figli, per tentare di spiegare ai miei genitori chi ero io. All'epoca pensavo: "Gibran è un rivoluzionario".

Nel corso degli anni Ottanta decisi di rileggere *Il Profeta*. Volevo ricordare la semplicità e il vigore con cui il libro era stato scritto. All'epoca pensavo: "Gibran è un saggio".

La terza volta che rilessi *Il Profeta* fu nel corso degli anni Novanta. Avevo già pubblicato alcuni libri e capivo che non sempre lo spirito rivoluzionario e le parole sagge rivelano il complesso mondo dell'anima di uno scrittore. Allora mi domandavo: "Chi è Gibran?".

La semplice lettura del libro *Il Profeta* non era bastata, ma io ero deciso a trovare una risposta a questa domanda. Rilessi alcune delle sue opere, lessi due biografie, finché un'amica libanese, Soula Saad, mi fece scoprire le sue lettere, oggi edite in vari libri e diverse antologie.

Un uomo rivela la propria anima quando ama, e nella corrispondenza con Mary Haskell trovai finalmente il mondo interiore di Gibran Kahlil Gibran. Cominciai a segnare alcune frasi e ad archiviare nel computer quello che ritenevo fosse la sua essenza.

Un giorno, durante una conversazione con mia moglie (in realtà fu più una discussione, e ringrazio Dio se, pur essendo sposati da diciotto anni, riusciamo ancora a discutere), non riuscivo a spiegarle un certo pensiero. La pregai allora di avvicinarsi al computer e di leggere una lettera di Gibran, che forse sarebbe riuscita a trasmetterle meglio ciò che intendevo dirle in quel momento.

Mia moglie lesse la lettera: non solo quella, ma anche il resto dell'archivio. Nacque in quel momento il mio desiderio di dare alle stampe un altro libro sulla relazione di Kahlil Gibran con Mary Haskell.

Alcuni dettagli storici. Gibran nacque nel 1883 nel villaggio di Bšarri, nell'attuale Libano. All'età di undici anni emigrò negli Stati Uniti con la madre e alcuni fratelli, fra cui Mary Gibran.

Dedicò la maggior parte della propria vita adulta alla pittura, ma, per ironia del destino, ha finito per essere conosciuto a livello mondiale per i suoi libri. Quando morì, viveva con Barbara Young, che in seguito ne avrebbe scritto la biografia.

Mary Haskell era più vecchia di Gibran: era nata nel 1873 negli Stati Uniti. All'età di trent'anni si trasferì a Boston e cominciò a occuparsi della scuola fondata da sua sorella. Morì il 9 ottobre 1964, e poté dunque essere testimone del successo mondiale di colui al quale in un'epoca passata si era rivolta chiamandolo il "mio amato".

La loro corrispondenza doveva essere distrutta pressoché totalmente pochi giorni dopo la morte di Gibran. Barbara Young non voleva che Mary rientrasse in possesso delle centinaia di lettere scritte in più di vent'anni di conoscenza, e conservate in una grande scatola di cartone, nello studio dello scrittore.

Mary insistette. E alla fine Barbara acconsentì, ma prima fece giurare a Mary Haskell che, dopo aver riletto la corrispondenza, avrebbe bruciato tutti i fogli.

Una promessa che Mary non mantenne. E le lettere, più di seicento, si trovano oggi nell'Università della Carolina del Sud, dove possono essere consultate da specialisti e studiosi.

Adesso solo una piccolissima parte di questa corrispondenza risulta inconsultabile.

Quanto a me, per poter fornire un'idea generale, ho adattato liberamente il testo di Gibran, cercando di mantenermi fedele al suo pensiero, e non soltanto alle sue parole.

"Chi è Gibran?" mi domandavo. E archiviando brani delle sue lettere nel mio computer, penso di averlo scoperto.

Gibran non era né un rivoluzionario né un saggio. Era un uomo, come tutti noi, e racchiudeva nella propria anima gli stessi dolori e le stesse gioie che proviamo noi. Eppure, attraverso i suoi libri è riuscito a rendere manifesta la grandezza di Dio.

Penso che, in fondo, egli sapesse che un giorno tutta la sua corrispondenza personale sarebbe stata pubblicata. E volle perciò mostrarsi nella sua interezza, senza mistificare il proprio ruolo di scrittore.

In questo modo ha voluto darci un buon esempio: ognuno di noi può aspirare a ciò che ha raggiunto lui. Perché ciascuno di noi segue, alla propria maniera, il difficile e meraviglioso Cammino delle Persone Comuni.

Paulo Coelho

Dedica

Fui colpito dalla tua presenza fin dal primo momento che ti vidi. Fu in occasione di una mostra dei miei disegni, nello studio del signor Day. Tu portavi qualcosa d'argento intorno al collo, e ti avvicinasti domandandomi: "Potrei esporre alcuni di questi quadri nella scuola dove insegno?".

Io acconsentii. E a mano a mano che continuavamo a conversare, mi sentivo sempre meglio. Quando venni per la prima volta a casa tua, mi identificai profondamente con l'atmosfera del posto, con i libri, con il modo in cui era ordinata la casa. Mi piacque la maniera con cui riuscimmo a conversare, e la dolcezza con cui mi portasti a parlare di me stesso.

Mi facesti un mucchio di domande, e in qualche momento mi sentii imbarazzato: ma grazie al tuo spirito e alla tua intelligenza, finii per raccontarti tutto quello che volevi sapere.

Le altre persone mi trovano interessante. Amano sentirmi parlare, perché sono una persona diversa.

Per loro sono soltanto un divertimento, che verrà dimenticato ben presto, appena comparirà qualcosa di più curioso. Tu, invece, sei riuscita a strapparmi quanto c'era in me di più profondo, sentimenti che ben di rado ho condiviso con qualcuno. È stato bellissimo, e lo è ancora.

Siamo diventati amici. E un giorno mi hai domandato se avevo bisogno di denaro per andare a Parigi. Fino ad allora avevo sempre rifiutato questo tipo di aiuto, ma tu mi hai detto qualcosa a proposito del denaro che non dimenticherò mai: il denaro è impersonale, non appartiene a nessuno, ci passa soltanto fra le mani. Il denaro non è un possesso, ma una responsabilità, e spetta a noi dargli la giusta destinazione.

Andai a Parigi, e accanto a me c'erano sempre la tua immagine, la tua fede e la tua tenerezza. Lì mi accorsi che, invece di limitarmi a visitare la città, stavo studiando me stesso, rendendomi conto di come la nostra relazione influenzava il mio quotidiano. Anche se eri lontana, la tua presenza mi accompagnava per le strade, le piazze e i bar. Quando tornai, ritrovai la stessa, dolce creatura che avevo conosciuto.

Allora ti chiesi di sposarmi. E da quel giorno tu cominciasti a ferirmi.

E continuasti a farlo. Io soffrivo, ma ogni volta che ci incontravamo (all'epoca ci vedevamo due volte alla settimana), tu dicevi: "Kahlil, credo di averti ferito mercoledì scorso", oppure venerdì, o un altro giorno qualsiasi. "Perdonami", dicevi, "non intendevo farlo".

E poi diventavi la creatura più dolce del mondo, e io pensavo: "Questa è la Mary che amo". Invece, prima che quell'incontro finisse, di nuovo ti usciva di bocca qualcosa di brutale.

Niente di ciò che io potessi dire o fare riusciva a impedirlo: l'aggressione c'era, e quasi mi uccideva.

Tornavo a casa e riflettevo: "Se accetto il sole, il caldo, l'arcobaleno, devo accettare anche il tuono, il fulmine e la tempesta". Io cercavo di farlo, ma sentivo dentro di me che le cose importanti stavano morendo.

Una sera, poi, mentre tornavamo da Gonfarone, mi dicesti che il fatto di avermi dato i soldi per il viaggio aveva creato fra noi una grande distanza.

Quando arrivai a casa, decisi che avrei trovato il modo di restituirti il denaro. Lo chiesi in prestito, e venni a casa tua per dartelo, ma tu eri partita per Boston. Quando rientrai nella mia camera, trovai ad aspettarmi una tua bella lettera: e di nuovo dimenticai le parole aggressive.

Un altro problema era in agguato. Un giorno, mentre stavamo conversando nel tuo appartamento, arrivò tuo fratello. Quando notai che non gradiva affatto la mia presenza, cominciai a sentirmi in imbarazzo. Due giorni dopo eri ancora triste per quell'incontro, e intuii che tuo fratello mi riteneva uno straniero privo di scrupoli, interessato solo a ottenere dei vantaggi materiali e sociali da questo tipo di relazione.

Ne fui quasi distrutto. Ma ci rincontrammo di nuovo, e il tuo fascino mi fece credere ancora che lo spiacevole episodio con tuo fratello fosse stato solo un brutto sogno. Nel mio cuore, invece, qualcosa era cambiato, giacché la mia anima non riusciva più a resistere ai continui ferimenti. Dovevo proteggermi. E cominciai a ripetermi: "Una relazione più intima con questa donna è impossibile".

Ovviamente questa strategia non diede alcun risultato, neanche quanto ti confessai quello che mi stava succedendo. Ma, da quell'istante, non mi feristi mai più.

Ti sto raccontando tutto questo solo perché tu sappia come vedevo i nostri primi anni insieme. Le cose più profonde non sono mai cambiate: l'identificazione che ho provato, il riconoscimento, la passione del primo incontro, tutto ciò è ancora come un tempo, e lo sarà per sempre. Ti amerò per l'eternità, come ti amavo già molto prima di vederti per la prima volta. E questo io lo chiamo destino.

Niente può allontanarci: né tu né io possiamo cambiare questa nostra relazione. Vorrei che ti ricordassi per il resto dei tuoi giorni che sei la persona più importante del mio mondo. Che, anche se ti sposassi sette volte, con sette uomini diversi, nel mio cuore tutto sarebbe sempre come un tempo.

E oggi capisco anche che un nostro matrimonio era impossibile. Ci avrebbe distrutti entrambi. La nostra vita in comune finì per essere vissuta in maniera diversa: perciò ci siamo salvati. Tu mi hai aiutato a scoprire me stesso e il mio lavoro. Io penso di aver fatto la stessa cosa con te, e ringrazio il Cielo se siamo insieme.

Kahlil Gibran

Beati voi che ora avete fame, perché sarete saziati.
Beati voi che ora piangete, perché riderete.

Luca, 6, 21

23 giugno 1909

Ho appena perduto mio padre, mia amata Mary. È morto nella stessa vecchia casa dove nacque, sessantacinque anni fa. I suoi amici mi hanno scritto dicendo che, prima di chiudere gli occhi per sempre, mi ha dato la sua benedizione.

Sono sicuro che mio padre riposa nel grembo di Dio. Ma non riesco comunque a evitare la tristezza e il dolore per la sua mancanza. Sulla mia fronte sento la mano della Morte, e penso a mia madre, alla mia giovane sorella, e a mio fratello: non c'è più nessuno di loro qui per sorridere alla luce del sole. Dove sono? Si saranno forse ritrovati in quell'ignoto dove sono andati? Saranno in grado, come lo siamo noi, di ricordare il passato?

Sono domande sciocche. Io so benissimo che sono vivi in qualche luogo del cielo, più vicini a Dio di quanto lo siamo noi. I sette veli che separano l'uomo dalla Saggezza non coprono più i loro occhi, e i miei cari non giocano più a nascondino con la Verità e la Luce. Io, comunque, soffro ancora e sento tanta nostalgia.

E tu sei la mia unica consolazione, anche se ti trovi all'altro capo di questo mondo, in vacanza alle Hawaii. I tuoi giorni corrispondono alle notti di Parigi. Eppure, quando cammino, tu sei vicina, quando lavoro mi parli, e quando, mentre mangio, mi sento solo, ecco rivelarsi la tua presenza. Ci sono momenti in cui so che tra coloro che si amano non c'è alcuna distanza.

31 ottobre 1911

Mary, mia amata Mary, ho lavorato tutto il giorno, ma non potevo andare a letto senza dirti: "Buonanotte". La tua ultima lettera è un vero fuoco, un cocchio alato che mi conduce in un'isola dove riesco a udire soltanto musiche strane, che un giorno comprenderò.

I giorni sono stati popolati da queste immagini, da queste voci e ombre, e anche nel mio cuore, nelle mie mani c'è fuoco. Devo trasformare questa energia in qualcosa che faccia bene a te, a me, a tutti coloro che ci sono cari.

Ma tu lo sai che cosa significa bruciare, ardere in un immenso braciere, sapendo che questo incendio sta trasformando in cenere tutto quello che c'è di cattivo, e lasciando nell'anima solo ciò che è verità?

Oh, niente è più benedetto di questo Fuoco!

10 novembre 1911

C'è un'antica canzone araba che comincia così: "Soltanto il Signore e io possiamo sapere cosa c'è nel mio cuore". Oggi, dopo aver letto tutto quello che mi hai scritto, potrei aggiungere: "Soltanto il Signore, Mary e io possiamo sapere cosa c'è nel mio cuore".

Vorrei aprirmi il petto, cavarne il cuore e tenerlo fra le mani, affinché tutti potessero vederlo. Perché in un uomo non c'è desiderio più grande che rivelarsi a se stesso, essere compreso dal prossimo. Tutti vorremmo che la luce che mettiamo dietro la porta si trovi proprio al centro della sala, di fronte all'ospite.

Il primo poeta di questo mondo deve aver sofferto molto, quando ripose l'arco e le frecce, e cercò di spiegare agli amici ciò che aveva provato davanti al tramonto. Può anche darsi che questi amici abbiano ironizzato su ciò che diceva, ma lui continuò, perché la vera Arte esige che l'Artista tenti di mostrarsi.

Nessuno può convivere da solo con la bellezza che è capace di percepire.

E quanto a noi due, che ricerchiamo l'Assoluto e che abbiamo costruito un giardino servendoci della nostra stessa solitudine, la Vita ci ha lasciato l'immensa passione per godere di ogni istante, con tutta l'intensità.

26 novembre 1911

Mia amata Mary, sarà un autentico Giorno di Grazia, perché stai venendo qui! Pensavo di invitarti personalmente, ma ho avuto paura di sentirmi rispondere con un "No", e ho pregato Charlotte di farlo per me. Mi ha detto che hai accettato.

Allora, durante tutti questi giorni non ho fatto altro che mettere in ordine la casa. Sto riordinando i mobili, ma, insieme, sto ripulendo le cose antiche del mio cuore e dei miei pensieri, liberandoli da vecchie ombre che non devono esserci più.

Forse l'allontanamento che siamo stati costretti ad accettare durante questi giorni è stato benefico: le cose molto grandi si possono vedere solo a distanza.

7 febbraio 1912

Oggi il mio cuore è sereno, e le angosce di sempre sono state sostituite dalla calma e dalla gioia: ho visto Gesù in sogno, durante la notte. Lo stesso viso generoso, i grandi occhi che sembravano voler bruciare chiunque lo guardasse, i piedi impolverati, i sandali consumati. E la forte presenza del Suo spirito che dominava tutto con la pace di coloro che sanno affrontare la Vita a testa alta.

Oh, cara Mary, perché non posso sognare Gesù tutte le notti? Perché non riesco a guardare alla mia vita con metà della calma che Lui era capace di trasmettermi nel sogno? Perché non riesco a trovare nessuno su questa Terra che possa essere tanto semplice e affettuoso come Lui?

10 marzo 1912

Mary, mia adorata Mary, in nome di Dio, come puoi pensare che mi stai dando più sofferenza che gioie? Cosa mai ti ha portato a pensarla così?

Nessuno sa bene quale sia la frontiera tra il dolore e il piacere. Tante volte penso che sia impossibile separarli.

Mary, mi dai talmente tanta gioia che a volte riesce a far male. E mi provochi talmente tanto dolore che arrivo a sorridere.

25 dicembre 1912

Non posso pianificare le mie ore di sonno, di lavoro o di esercizio, Mary. Sentiamo sempre dire che tutti sono capaci di svegliarsi, di prendere il tè e di andare a letto a una determinata ora, ogni giorno. E sono orgogliosi di questa disciplina.

Per me, questa gente si limita a vivere sempre lo Stesso Giorno.

Io ho bisogno di lasciare che accadano le cose che devono accadere: è necessario essere aperti all'inatteso. Io sono diverso ogni giorno che passa, e quando avrò ottant'anni, spero ancora di poter provare questi cambiamenti interni ed esterni. Se arriverò a quell'età, non mi fermerò a pensare alle cose che ho già fatto, perché voglio usare ogni attimo di vita che ancora mi resterà.

Non posso pianificare niente di importante, soltanto piccole cose. Chi pianifica ciò che è importante, trasforma tutto in piccole cose.

30 ottobre 1913

Perché tenti di spiegarmi tutto ciò che mi dici? Il mio cuore può capire al di là delle parole d'amore. Forse non hai fiducia nella mia comprensione?

E, per favore, *per favore* non pensare che chi ama può essere ferito con facilità. Un temperino d'acciaio può tagliare la mia carne: di certo non può farlo un temperino di cera. Parole e gesti duri mi spingeranno soltanto a fare più attenzione a ciò che provo per te.

Tutto quello che c'è di superficiale nelle nostre liti finirà per scomparire da solo. Cerca di capire, quindi: Kahlil non è fatto di crema chantilly!

Qui a Boston c'è soltanto una mia metà: vorrei prendere il treno per New York e vederti con i miei occhi. Non avresti alcun bisogno di parlare, e neppure di sorridere. Stare al tuo fianco mi fa sentire un uomo completo.

5 aprile 1914

Ho trascorso un lungo periodo di silenzio, mia adorata Mary. Lavoro, dormo molto, e sento che tanto il lavoro quanto il sonno mi tolgono la voglia di conversare.

A mano a mano che gli anni passano, Mary, l'eremita che vive in me si rivela con sempre maggiore forza.

La vita è la visione dell'Infinito, di tutte le possibilità e le realizzazioni che l'amore può portare. Le persone, invece, sembrano tanto piccole di fronte a questa semplice verità. E questo me le allontana.

La vita è generosa, e l'uomo è meschino. Sembra che ci sia un abisso fra la vita e l'essere umano, e che, per superare questo abisso, sia necessario avere il coraggio di affrontare l'anima stessa e farle cambiare direzione. Ma ne varrà la pena?

Qui, a New York, ho incontrato solo gente normale, educata, gentile. Persone che fluttuano fra il

Cielo e l'Inferno, fra il Tutto e il Niente. Eppure sembra che non se ne rendano conto, e si comportano in maniera convenzionale, sorridendo quando incontrano qualcuno.

26 aprile 1914

Mi sono sempre vergognato di accettare il tuo denaro. Mi sono sempre domandato se fosse corretto lasciare che ciò accadesse. Tante volte ho avuto il desiderio di partire e lasciarti per sempre, ma poi pensavo: "Lei mi ha già dato tanto! Penserà che sono un ingrato". Il fatto di dover dipendere dalla tua carità era, per me, una maledizione e una tortura.

Tu mi davi con gioia, e io accettavo con tristezza. Adesso, invece, prometto di non comportarmi mai più così: se tu mi dai, sta bene. Se non mi dai, sta bene. Se mi dai e mi chiedi in cambio, sta bene anche questo.

Ho paura di accettare regali. I regali ci lasciano in colpa, e ci fanno soffrire al pensiero che sarà chiesto qualcosa in cambio. Solo adesso capisco che questo denaro significava quanto tu avessi fede nel mio lavoro, e nell'uomo che sono.

Eppure, più che il denaro, tu mi hai dato il dono della vita, nel vero senso della parola. Non avrei potuto vivere senza questa passione, senza questo amore. C'è tanta gente che muore tutti i giorni perché non trova una persona che la ami.

3 maggio 1914

Le benedizioni della domenica trascorsa insieme sono ancora nella mia anima. Ho già rivissuto migliaia di volte le ore che siamo stati l'uno accanto all'altra. Ho ripetuto incessantemente le parole che mi rivolgevi e, ogni volta che lo facevo, mi sembrava di capirle meglio.

Quando sento la tua voce, si ripresentano la dolcezza e la realtà della vita. Ogni volta che apro bocca per rispondere qualcosa, mi sento stranamente lucido e fiducioso.

Tu riesci a farmi toccare con mano la parte più brillante e luminosa di me stesso.

24 maggio 1914

Immagina, Mary, che, mentre stiamo camminando attraverso una splendida campagna, in una giornata meravigliosa e calda, all'improvviso fossimo colti da un temporale nel bel mezzo della nostra passeggiata.

Che meraviglia sarebbe! C'è forse emozione più grande del vedere gli elementi che producono forza ed energia, attraverso il movimento nei cieli? Lasciamoci alle spalle le quattro pareti delle nostre camere, Mary. Inoltriamoci nei luoghi solitari e conversiamo. Io riesco a capire me stesso solo quando parlo di qualcosa con te. Te l'ho già detto, e te lo ripeterò per sempre.

20 giugno 1914

Voglio mostrarti la cosa più importante che ho mai dipinto in vita mia, Mary: un ritratto di mia madre, ricostruito a memoria.

È un ritratto della sua anima, senza alcun artificio estetico o tecnico. Si è manifestato esattamente nella forma in cui volevo che si manifestasse. La sua anima è lì, nella sua semplice maestosità.

Riesco a vedere mia madre solo quando chiudo gli occhi; in realtà, la pittura è un'estensione della visione, come la musica lo è dell'ascolto. Quando creo qualcosa, desidero che qualcuno pensi: "Esistono altri mondi, silenziosi, remoti, solitari, distanti: dove la vita si mostra con tutta la sua intensità. Andiamoci".

20 giugno 1914

Credo che questo tuo rifiutarti di avere un contatto più intimo sia un errore, Mary. L'uomo, nella sua passione, è guidato da tre cose: la logica, il cuore e il sesso. Ciascuna di queste cose lo accompagna per un determinato periodo: la logica e il cuore mi hanno accompagnato per molti anni. Ma adesso compare il desiderio sessuale.

Tu mi dici: "Caro Kahlil, lasciamo il domani a domani". E in queste ore io mi sento piccolo e ingenuo. Tu tratti le cose importanti come se fossero niente.

Io ti amo. Ti desidero più di quanto tu desideri me. Ogni volta che ci incontriamo, tu riempi tutto lo spazio intorno a me.

Io ti amo, e so che il contatto fisico ha un suo momento. Che poi scompare.

Non voglio che niente di grande fra noi finisca per scomparire, perché non sappiamo che cosa può accadere dopo. La nostra relazione è già abbastanza forte, ma non so fin dove possano spingere i limiti imposti all'amore.

Eppure, mi metto nelle tue mani. Un uomo si può mettere nelle mani di qualcuno solo quando l'amore è tanto grande che il risultato di questo abbandono è la libertà totale.

Io ti amo con tutto ciò che esiste in me. La punta dei miei capelli, persino quella delle mie unghie... tutto è pregno di questo amore per te, Mary.

8 luglio 1914

Tu hai il dono della comprensione, mia amata Mary. Tu sei come il Grande Spirito, che si avvicina all'essere umano non solo per condividere con lui i suoi giorni, ma anche per renderli più intensi. Quando ti ho conosciuta, il miracolo di questo tuo dono ha fatto cambiare completamente i miei giorni e le mie notti.

Ho sempre pensato che, quando qualcuno ci capisce, finisce per renderci schiavi, giacché noi accettiamo tutto per essere compresi. La tua comprensione, invece, mi ha portato la pace e la libertà più profonde che io abbia mai provato.

Nelle due ore della tua visita, hai scoperto un punto nero nel mio cuore: me lo hai tirato fuori dal petto, lo hai toccato, ed esso è scomparso per sempre, spezzando le catene che mi imprigionavano.

Che Dio ti benedica.

22 luglio 1914

Tu mi dici: "Vedo molte persone che ricevono da te cose belle, perché sei stato capace di soffrire". La tua lettera è stata per me un messaggio importante, amata Mary.

Spero che ti stia godendo i giorni di solitudine in montagna. È meraviglioso essere liberi da tutto ciò che non è autentico, ed essere capaci di vivere in una maniera più semplice e diretta.

Io, comunque, sono lì e spero che questo sia per te altrettanto reale di quanto lo è per me.

Ho passato un periodo di silenzio e di meditazione, e ci sono molte cose nuove nella mia anima. Vorrei poter dare loro forma, ma le mie mani non riescono a seguire la mia immaginazione.

Sono contento di sapere, amata Mary, che noi due siamo capaci di lasciarci questo mondo alle spalle e di cercare il mondo autentico, dove poter vivere ed essere ciò che sempre abbiamo desiderato.

Buonanotte, cara Mary. Che Dio ti benedica.

7 agosto 1914

Mi trovo in questa strana città di Boston da una settimana. Non riesco a lavorare né a pensare, per quanto ci provi. Sono sempre circondato da tutta quella gente educata, ma con la quale ho ben poco in comune.

Sicuramente mi sta succedendo qualcosa, Mary. Vedo le persone, e so che le loro anime sono buone. Ma quando sono insieme a loro, vengo colto da un'impazienza demoniaca, da uno strano desiderio di ferirle. Quando parlano, la mia mente tenta di allontanarsi e di volare in terre lontane, e mi sento come un uccello con le zampe legate da una lunga corda.

Allora mi ricordo dei miei compatrioti siri, e sono consapevole che essi mi infastidiscono molto di meno, perché sono persone semplici e perché non tentano di sembrare sempre interessanti.

Le persone che si sforzano di essere interessanti sono le più noiose di tutte.

14 ottobre 1914

Questa guerra che sta devastando l'Europa colpisce tutte le persone del mondo: anche tu e io stiamo combattendo.

L'uomo fa parte della natura. Ogni anno gli elementi della natura dichiarano guerra a se stessi: l'inverno combatte contro le forze della primavera, e questo è altrettanto devastante delle guerre umane. Anche noi siamo sottoposti a questo processo, e spesso dobbiamo morire per qualcosa che non comprendiamo bene.

Gli esseri che combattono per una pace eterna sono come i giovani poeti che non vogliono che la primavera abbia fine. L'uomo ha bisogno di imparare a combattere per le proprie idee e per i propri sogni, perché anche questo fa parte di ciò che Dio ha messo sul pianeta.

Nessuno piange quando arriva l'inverno, né danza quando la primavera comincia a mostrare i suoi fiori di campo. C'è gente che ama più le notti fredde che l'estate. A queste persone sarebbe giusto dire: "Tu non hai cuore: stai assistendo alla distruzione della natura da parte del freddo e non piangi. La gloria e la bellezza dell'estate stanno morendo, e tu sembri indifferente".

È questa l'eterna lotta, Mary.

Invece, ciò che pretendono di chiamare lotta per la morte non esiste. Tutto ciò che accade su questa terra è una lotta *per la vita*.

6 dicembre 1914

Mi hai detto in una tua lettera: "Che Dio ti benedica e sia sempre con te. Quanto più stanco sarai, tanto più vicino a Lui ti troverai".

Ho trascorso la mattina a spedire gli inviti per la mia mostra. Per il quadro intitolato *La grande solitudine* ho indicato un prezzo di 2.500 dollari. Pensavo che nessuno avrebbe voluto comprare qualcosa di un artista sconosciuto, ma stamattina è passata la signora Wilson e si è dichiarata disposta a pagare quanto chiedo.

Non credi che questo dipinto sia una delle tante cose che dobbiamo abbandonare, in modo da poter arrivare a luoghi più lontani?

Questi dipinti non fanno più parte della mia vita. Mentre ci lavoravo, ho appreso molto. Ma apprenderò molto di più se li lascerò proseguire per la loro strada.

Il 20 dicembre 1914, Mary Haskell descrive nel suo diario un pranzo con Kahlil. Mentre pranzano, lei gli domanda che cosa ne pensa dei cinque chili che ha messo addosso. Lui risponde di non avere notato alcun cambiamento.

Rientrando nello studio e conversando del più e del meno, lei si stringe appositamente la gonna sulle gambe per mostrargli le sue forme.

"Ti sembrano sottili?" domanda.

"Sono sorpreso", risponde Kahlil. "Non ti ho mai visto le gambe, e ho sempre cercato di immaginarle prendendo come riferimento le tue braccia. Generalmente si fa così".

"Già, sono sempre completamente vestita", replica lei.

A quel punto Mary, per provocare Kahlil, gli domanda se desidera che lei si spogli, in modo che lui possa giudicare meglio il suo corpo.

"Se questa stanza non fosse tanto fredda, ti chiederei di farlo", dice Kahlil.

Mary e Kahlil spingono la situazione al limite, e lei si ritrova nuda. Kahlil tesse gli elogi del suo corpo, ma Mary si rende conto di quanto lui sia sconcertato.

"Gli uomini hanno paura delle donne come te", dice Kahlil. "A loro non piace sentirsi turbati".

Mary si riveste.

28 dicembre 1914

C'è qualche cosa nei tuoi pensieri, Mary? Sembra ci sia qualcosa che non riesci a risolvere. Questa situazione (il sesso) non è risolta. E non lo sarà mai.

Stiamo accettando qualcosa di nocivo perché non c'è altra soluzione: si risolvono soltanto quelle situazioni che sono reali, e la nostra mancanza di libertà non è reale.

Quella sera, dopo che ti sei rivestita e sei andata via, ho imprecato contro di te per tutto il resto del tempo. Stiamo tralasciando qualcosa che fa parte di una relazione fra persone normali e appassionate.

Non riesco a ripensare a quello che è successo come se fosse qualcosa di casuale: se fossimo solo innamorati, riuscirei a dimenticare quello che c'è stato. Ma l'amore, il vero Amore, davanti al contatto fisico è timido.

Continuerò a pensare a quanto è accaduto per dieci giorni, perché è qualcosa di importante e fondamentale: come lo è il sesso nella vita di ogni essere umano.

E ho deciso che tu e io non dobbiamo più parlarne, perché non abbiamo la libertà di dire tutto ciò che proviamo.

La notte di capodanno del 1915, Kahlil va a trovare Mary. Si siedono sul divano, e lei gli chiede di sganciarsi il colletto.

Kahlil si accomoda e chiede a Mary di mettersi accanto a lui, con la testa sulla sua spalla.

"Sembra che tu stia pigliando fuoco", dice Kahlil.

"Sì", risponde Mary, "perché sono seduta accanto al forno".

Lui ride. "Sono io il tuo forno?"

Mary gli racconta che si è rotta la conduttura dell'acqua calda. E usa questa analogia per riferirsi alla loro relazione: se un tubo tanto robusto si è spaccato per il semplice fatto che alcune gocce d'acqua vi si sono ghiacciate all'interno, nessun desiderio è invincibile.

I due si abbracciano, e Kahlil la bacia appassionatamente. La descrizione di quella notte finisce lì, ma, dalla lettura delle lettere successive, si capisce che non c'è stato alcun rapporto sessuale. La loro relazione, quantunque torturata dal desiderio, sarà sempre platonica.

28 gennaio 1915

Ho dormito molto in queste tre settimane. Ho pensato alle migliaia di cose che devo fare quest'anno: ho paura, mia amata Mary, che non riuscirò mai a realizzare pienamente i miei sogni. Mi fermo sempre prima. Raggiungo soltanto l'ombra di quello che desidero.

Di solito mi faceva piacere vedere le persone elogiare il mio lavoro. Ma adesso questo mi rattrista, perché ogni elogio mi fa pensare a quello che non ho fatto, e io vorrei essere ricordato per quello che ancora devo fare. So che questo ti suonerà puerile, e allora?

Ieri sera mi ripetevo: "La coscienza di una pianta nel cuore dell'inverno non è rivolta all'estate che è passata, ma alla primavera che arriverà. La pianta non pensa ai giorni ormai trascorsi, ma a quelli che verranno. Se le piante sono sicure che la primavera verrà, perché noi, esseri umani, non crediamo che un giorno saremo capaci di raggiungere e ottenere tutto ciò che vogliamo?".

9 febbraio 1915

Mia amata Mary, forse non riesci a capire il mio silenzio. Eppure io sento che anche tu sei tranquilla, questi miei giorni silenziosi sono anche i tuoi. Sappi, però, che per me è impossibile fare qualsiasi cosa senza di te, e che ho bisogno del tuo spirito nella mia vita quotidiana.

In uno di questi giorni freddi, ho incontrato Ryder in una camera quasi senza riscaldamento. Tutto era sporco e disordinato intorno a lui, ma sento che ha solo deciso di vivere come ha sempre desiderato. Il denaro, lui lo possiede, ma non ci pensa: la sua mente non è più su questo pianeta, e vaga al di là dei suoi stessi sogni.

Ha letto una poesia che ho scritto e ha pianto. Poi ha soggiunto: "È bellissima. Fin troppo per me. Io non sono degno di leggerla".

Dopo qualche minuto di silenzio, ha ripreso a parlare: "Avevo pensato di scriverti una lettera, ma non l'ho mai fatto perché, prima di scrivere, devo aspettare che la mia anima si smuova".

14 marzo 1915

La vita non è solo "una storia raccontata da un idiota, piena di suono e di furia, ma che non significa niente", come diceva Macbeth. La vita è un lungo pensiero. Ma, non so perché, a me non piace condividere questo pensiero con gli altri. Loro lo tirano da un lato e io dall'altro, e nessuno può sostenere questa lotta mentale per lungo tempo. Mary, una delle tante cose che ci avvicinano è che il Pensiero della Vita noi lo tiriamo dalla stessa parte, e non temiamo la solitudine che ciò comporta.

Adesso devo uscire, e camminare al sole. Porterò con me il quaderno degli appunti, per scriverti. Quando lo faccio, riesco sempre a riordinare le idee.

18 aprile 1915

Sì, Mary, questi due giorni che abbiamo trascorso insieme sono stati splendidi. Quando parliamo del passato, rendiamo sempre più reale il presente e il futuro.

Per tanti anni ho avuto il terrore di guardare a quello che ho vissuto: una paura suscitata dalla mancanza di obiettività e di franchezza verso me stesso.

Come sarebbe bello se avessi il coraggio di aprire il mio cuore e di parlare di Dolore. Io ho sempre sofferto in silenzio: e il silenzio ci fa soffrire più profondamente.

Comunque, è molto più comodo per chiunque non parlare, e di solito ci confondiamo quando tentiamo di organizzare il nostro pensiero.

Soltanto quando sto con te, ciò non mi accade: le conversazioni ci avvicinano, cancellando tutto quello che di brutto è rimasto in qualche cantuccio impolverato del nostro inconscio.

L'unico silenzio che proviamo insieme è quello che ci fa comprendere tutto. Gli altri silenzi sono crudeli e disumani.

Che Dio ti benedica, mia amata Mary. Che Dio ci mantenga insieme.

Il 18 aprile Mary invia una lettera a Kahlil, descrivendo la bellezza delle Sierras, dove sta trascorrendo le vacanze. Nella lettera gli confessa di non avere mai creduto alle parole d'amore che ha udito da lui, perché il suo modo di amare è molto complicato. Ma ammette di averlo fatto soffrire molto.

Mary si rende conto che sta lottando per allontanare un amore che ormai si è insediato in lei, e chiede perdono a Kahlil. Da quel momento, accetta di aprirgli il proprio cuore.

23 maggio 1915

Avrei sempre voluto riferirmi a te come la vita che crea la Vita, ma non me lo sono mai permesso. Pensavo non volessi che io lo dicessi. Eppure, sento che siamo finalmente giunti a un momento importante per noi.

Quando ci incontreremo, ne parleremo a lungo: come se fosse non una cosa nuova, ma qualcosa di antico che viene vissuto in un modo nuovo.

Ho sempre creduto, Mary, che la Rivelazione sia soltanto la scoperta di qualcosa di più grande che già esiste in noi: una parte di noi in cui non ci arrischiamo a penetrare e che, tuttavia, ci permette di provare ciò che noi non osiamo sentire.

La nostra crescita dipende dal fatto che entriamo in contatto e accettiamo questa parte più generosa di noi.

17 luglio 1915

Tu e io – e tutti coloro che sono nati con l'angoscia di vivere – stiamo cercando di raggiungere i limiti della nostra esistenza non solo attraverso la conoscenza: il nostro desiderio è vivere questa esperienza. E lo Spirito di questo mondo, quantunque sia sempre in mutamento, è l'Assoluto.

I grandi poeti del passato si abbandonavano sempre alla Vita. Non cercavano una cosa precisa, né tentavano di svelare segreti: semplicemente permettevano alla propria anima di essere governata, guidata, sospinta dall'Esistenza.

Le persone cercano sempre una sicurezza, e a volte la ottengono: ma la sicurezza è già un fine, e la Vita non ha fine.

La tua lettera, Mary, è la più bella manifestazione di vita che io abbia mai ricevuto. È una dimostrazione del sacro desiderio di incontrare il Mondo. E, una volta incontratolo, di attendere che si metta a nudo. Così è l'anima dei poeti della vita.

Poeti non sono quelli che scrivono poesia, ma tutti coloro che hanno il cuore pieno di questo spirito sacro.

2 agosto 1915

È necessario fare ogni possibile sforzo per liberarsi del passato. Dobbiamo guardare a ieri come una madre che, per quanto abbia ancora il viso deformato dalle doglie del parto, è felice per ciò che ha ottenuto.

Abbiamo vissuto cinque lunghi anni di profonda sofferenza, ma sono stati anni molto creativi. E mentre li attraversavamo noi crescevamo, anche se ci ricoprivano il corpo di cicatrici.

Siamo emersi da questo periodo con più forza e più semplicità d'animo. Sì, le nostre anime sono più semplici, e questa è la nostra maggiore conquista. Tutti gli avvenimenti tragici della vita umana – e questa guerra in Europa è uno di essi – contribuiscono ad aiutare l'uomo a semplificare la propria anima.

Io credo che Dio sia semplice.

Sai bene, Mary, come tutti i rapporti umani siano suddivisi in stagioni. I cinque anni trascorsi sono stati la stagione della nostra amicizia. Adesso siamo all'inizio di una nuova epoca, meno nebulosa, più semplice, e in grado di aiutarci maggiormente a semplificare ciò che siamo.

Chi può dire: "Quest'epoca è stata buona e questa è stata cattiva"? Tutte le stagioni fanno parte della natura. La morte fa parte della vita. E, nonostante io sia morto più volte durante questi cinque anni, non mi è rimasto alcun segno, e il mio cuore non è appesantito da alcuna amarezza.

9 dicembre 1915

Mille volte grazie per questi magnifici libri di Astronomia: non mi ero mai interessato a questa materia, ma adesso mi accorgo che è il modo migliore per comprendere l'uomo. La nostra visione è talmente limitata che ci serve l'Astronomia per trasportarci al di là della nostra tribù, della nostra razza, del nostro paese. Quando le nostre menti, tutte insieme, saranno finalmente coscienti di altri mondi e altre sfere, non presteremo più attenzione ai commenti dei vicini.

Lavoro tutti i giorni. Ah, Mary, vorrei che il mio cuore si spaccasse perché potessero uscirne tutte le cose che vi sono imprigionate. Le mie mani sono stupide, timide, sconosciute. I nostri cuori sono molto migliori di noi; e fra i sentimenti e le maniere che noi possediamo per descriverli, ci sono mille veli. Quando si riesce a esternare ciò che si ha all'interno, si vive in uno stato di costante rinascita. È una ricostruzione quotidiana del proprio essere: e, come hai detto benissimo tu, il giorno di ieri è accaduto mille anni fa.

Leggendo le tue dolci e affettuose lettere, mi sento come una pianta che cresce verso la luce. E dimentico le mie ombre.

Credimi, Mary, un giorno sarò quell'uomo a cui le tue lettere sono scritte. Voglio essere quell'uomo che tu pensi io sia, con tutta la forza del mio cuore e della mia anima.

6 gennaio 1916

A lungo ho pensato di scrivere, dare forma, manifestare gli unici pensieri che realmente hanno modificato la mia vita interiore: Dio, il mondo e l'anima dell'uomo. Sento che una voce sta prendendo forma dentro di me, e adesso sto aspettando di udirla. Il mio unico desiderio è trovare la maniera precisa, il rivestimento giusto affinché ciò che questa voce ha da dire arrivi a orecchi umani.

È bello poter parlare con gli altri di Dio. Non possiamo capire pienamente la natura di Dio perché non siamo Lui, ma possiamo almeno preparare la nostra coscienza a crescere, servendoci delle Sue manifestazioni visibili.

30 gennaio 1916

Comincio a comprendere Dio in maniera nuova, cara Mary: Egli è con me giorno e notte, e interferisce in tutti i miei passi. È come se, a poco a poco, i miei occhi stessero assistendo alla nascita del Creatore. Lo vedo nascere come una bruma, in mezzo a montagne, pianure e mari. Egli si alza. Non si conosce ancora totalmente. Trascorrono milioni di anni, e Lui, mosso dal Suo stesso desiderio, cerca di scoprire qualcosa di più riguardo a Se stesso. Per questo crea l'uomo.

Dio non è (soltanto) il creatore dell'uomo o della Terra. Tantomeno è giudice di quello che accade sotto il Sole. Dio è la manifestazione pura di questo Suo desiderio originale: che l'uomo e la Terra facciano parte di Lui. Dio è una forza in movimento, che cresce attraverso questo desiderio e fa sì che tutto sulla faccia della Terra cresca con Lui.

Il desiderio è la fonte del potere che tutto muta.

10 febbraio 1916

Ci credi, mia amata, che in banca ho ancora denaro sufficiente per vivere un anno intero? Eppure tu continui a darmene, e a darmene senza limite.

Ho vissuto in uno stato di estasi totale. L'unica cosa che il mio cuore non sapeva fare era amare la Vita. Per vent'anni ho vissuto sentendo solo un'immensa fame, un'immensa sete per qualcosa che non riuscivo a identificare e a comprendere.

Ma le cose sono cambiate. Dovunque io mi trovi, qualsiasi lavoro io stia facendo, ho presente la generosa legge che trasforma le nostre azioni in fiori, e questi fiori in Dio.

Questa fame, che mi ha accompagnato per tanti anni, era la voglia di scorgere ciò che stava al di là di me. Ho tentato in diverse maniere, e adesso ho trovato l'unico cammino giusto: attraverso Dio.

L'anima ricerca Dio come l'aria calda si dirige verso l'alto, e come i fiumi scorrono verso il mare. L'anima ha due poteri: il desiderio di ricercare e la capacità di lottare per questo desiderio.

E l'anima non smarrisce mai il suo cammino: proprio come l'acqua non può scorrere verso la cima della montagna. Perciò tutte le anime saranno in Dio, indipendentemente da quanto tempo ciò richieda.

Il sale non perde le sue proprietà, anche quando è mescolato con tutte le acque dell'oceano. Così l'anima non perde la sua fame di Dio: essa è eterna, e un giorno si sazierà.

L'anima non smetterà mai di cercare Dio. E quando Lo troverà, scoprirà che anche Lui la stava cercando.

1° marzo 1916

Mia amata Mary, mi sento come un seme nel cuore dell'inverno, consapevole dell'approssimarsi della primavera. Il germoglio spezzerà il baccello, e la vita ancora addormentata in me dovrà emergere in superficie, quando sarà chiamata.

Il silenzio è doloroso. Ma è nel silenzio che le cose prendono forma, e ci sono momenti nelle nostre vite in cui l'unica cosa che dobbiamo fare è attendere. In ciascuno di noi, nel più profondo del nostro essere, c'è una forza che vede e sente quello che non possiamo ancora percepire. Tutto ciò che siamo oggi è nato dal silenzio di ieri.

Noi abbiamo molte più capacità di quante immaginiamo. Ci sono momenti in cui l'unica maniera di imparare è non prendere nessuna iniziativa, non fare niente. Perché, anche negli attimi di totale inazione, questa nostra parte segreta sta lavorando e apprendendo.

Quando la conoscenza occulta nell'anima si manifesta, siamo sorpresi di noi stessi, e i nostri pensieri invernali si trasformano in fiori che intonano canti mai sognati prima.

La vita ci darà sempre più di quanto riteniamo di meritare.

9 aprile 1916

Mia amata Mary, quando l'anima è immersa nei pensieri in continuo mutamento, perdiamo il potere delle parole. Ma, per quanto la mia lenta comprensione di Dio mi abbia accompagnato per tutti questi mesi, non ho mai smesso di essere con te, e ho sempre avuto la certezza che noi due ci stavamo parlando attraverso questo silenzio esteriore.

Abbiamo bisogno di una compagnia per conversare all'alba, o durante le lunghe passeggiate nel parco. Anche lontana, tu sei stata la mia compagna.

Lavoro molto. E cerco di ridurre al minimo le visite. L'abisso fra me e gli altri si sta ingrandendo sempre di più. A volte penso: "Questo abisso esiste perché in me c'è qualcosa di sbagliato. Quando ciò che è sbagliato si trasformerà in qualcosa di giusto, allora mi ritroverò di nuovo vicino alla gente, e sarò capace di amarla con un nuovo tipo d'amore".

10 maggio 1916

Cara Mary,
ti mando una parabola che ho terminato. Ho scritto poco, e solo in arabo. Vorrei avere tue correzioni e tuoi suggerimenti.

All'ombra di un tempio, un amico mi indicò un cieco.

L'amico mi disse: "Costui è l'uomo più saggio del mondo".

Ci avvicinammo, e io gli domandai: "Da quanto tempo lei è cieco?".

"Da quando sono nato".

"Io sono un astronomo", soggiunsi.

"Anch'io", rispose il cieco. E, mettendosi la mano sul petto, disse: "Osservo qui dentro i tanti soli e le tante stelle".

16 maggio 1916

Cara Mary,
grazie per le correzioni. Avrei altre storie, ma non so come esternarle, perché l'inglese non è una lingua che si presta alle parabole.

Da quando la nuova concezione di Dio si è impadronita della mia anima, ho quasi perduto la capacità di mettere le mie sensazioni – me stesso – per iscritto.

Un uomo a bordo di un aereo vede la Terra da una diversa angolatura, ma con gli stessi occhi. Per poter vedere le cose come sono realmente, deve cambiare gli occhi.

19 dicembre 1916

Cara Mary,
grazie per le tue lettere durante tutto questo periodo, per ogni parola scritta e per lo spirito divino che dimora in ciascuna di esse. Che Dio mi renda degno di riceverle.

Quando la mano della Vita è pesante e nella notte non si ode alcun canto, l'unica cosa che ci conforta è credere e confidare nell'amore. Allora, anche nelle circostanze peggiori, tutto diviene più leggero, e nell'oscurità si levano alcune melodie: perché stiamo amando e confidando in questo amore.

Grazie per il meteorite che mi hai mandato. Quando mi soffermo a toccarlo, penso che fra le mie mani c'è qualcosa che viene da milioni e milioni di chilometri di distanza.

Questo prezioso meteorite satura la mia immaginazione e rende l'infinito meno estraneo alla mia anima.

28 luglio 1917

Mi siedo accanto a una persona durante una cena: su tutto il tavolo regna una profonda solitudine, e ognuno vorrebbe poter parlare di se stesso. Allora comincio a conversare con una signora, e la lascio parlare. Dopo qualche tempo, lei dice: "Finalmente ho trovato qualcuno che mi capisce!".

A quel punto mi prega di tornare alla cena successiva. Io, di solito, rifiuto una prima e una seconda volta; alla terza, generalmente vado, perché non voglio mostrarmi scortese. Poi noto che la donna vorrebbe che entrassi nella sua vita: desidera vedermi più spesso, parlarmi di più di se stessa, dei suoi giorni tutti uguali, dei suoi problemi. Se è sposata, dice sempre: "Mio marito è una brava persona, ma non mi ascolta. È come vivere con un estraneo, dopo tanti anni...". E continua a parlare.

Io non voglio che queste cose continuino a ripetersi sempre nella mia vita! Basta con il tentare di *ca-*

pire la gente! A me interessano le persone, ma in un senso più ampio, come parte dell'universo. È importante che io piaccia loro, ma non posso permettere che questo tipo di affetto dia agli altri il diritto di possedermi.

Con te le cose sono diverse, perché sono belle e intense, e io provo il desiderio di abbandonarmi. Spesso, durante le nostre conversazioni, io capisco subito quello che vuoi comunicarmi, prima ancora che tu finisca la frase.

Non credo che dipenda dal tempo che trascorriamo insieme, ma piuttosto dalla nostra capacità di crescere durante quel tempo.

31 ottobre 1917

Sì, mia adorata Mary, noi comprendiamo senza sapere di comprendere, e viviamo qualcosa che, a livello cosciente, non riusciamo a spiegare. La realtà della nostra relazione è la presenza della Realtà che gira intorno a noi.

Anche quando ci capita di dubitare di qualcosa, il nostro cuore non ha dubbi. Anche quando diciamo "No" alla vita, ciò che l'Universo sente è un "Sì".

Quando ci si riferisce a nuove esperienze, il "No" può essere udito soltanto dagli uomini. Dio sente sempre "Sì!".

15 novembre 1917

Mia amata Mary,
grazie per lo zucchero e per i libri. Dovrò servirmene con molta attenzione.

Buffo che non abbia mai provato alcun piacere nel leggere libri sul sesso. Forse non sono stato curioso abbastanza, oppure ho una mente troppo timida. Ma adesso desidero sapere *tutto* ciò che accade sotto il sole, sotto le stelle o sotto la luna. Tutte le cose, infatti, sono belle, e lo diventano ancora di più quando non abbiamo paura di conoscerle e provarle.

L'esperienza è la Vita con le ali.

6 gennaio 1918

Mi domando (pensando alla madre di Gesù) che cosa conoscesse di Suo figlio. Doveva essere consapevole che Lui era una fonte di problemi, ma che era un essere buono. Dopo la Sua morte, e forse anche per la devozione dei Suoi amici e seguaci, Maria deve averlo capito più profondamente di quando Lui era vivo.

Verrà un giorno in cui saremo capaci di intendere Cristo come la fiamma: un uomo in cui ardeva l'intensità della vita. Socrate poteva avere un eccellente rapporto mentale con i suoi discepoli, ma Gesù permetteva ai Suoi apostoli di *sentirLo*. Pensa a che cosa ne ha fatto: Giovanni divenne un poeta di grande qualità, Paolo percorse il mondo.

Michelangelo fu migliore soltanto dei pittori che lo avevano preceduto: ma il cammino che egli percorse era già noto.

Cristo ha cambiato il pensiero umano, e attraverso di Lui gli uomini hanno scoperto un nuovo cammino.

6 gennaio 1918

Uno spirito eccelso nasce sempre con una missione, e pensa che anche tutti gli altri uomini la possiedano. Passano gli anni, e finalmente lui si rende conto di essere solo, e che non tutti gli esseri umani sono capaci di fare in modo che la propria ragione di vivere si manifesti. Nell'ottanta per cento dei casi, le persone rinunciano alla Vita che desideravano da bambini.

Da quel momento, colui che segue la propria missione pensa di essere solo, e questa scoperta lo rende amaro e cinico. A poco a poco finisce per isolarsi: il suo mondo interiore si allontana da questo mondo, e lui conclude i suoi giorni in solitudine, in qualsiasi posto egli viva.

Sono pochi coloro che resistono alla pressione che esercita il mondo, e che ancora riescono a mettere un po' di se stessi in quello che dicono e fanno.

Il 6 maggio 1918, Mary Haskell e Gibran discutono per la prima volta l'idea del Profeta, *il libro che lo avrebbe reso noto in tutto il mondo.*

Kahlil dice: "In questi ultimi diciotto mesi, ho lavorato a qualcosa che cresceva dentro di me. Si tratta di un libro su ventun temi, sedici dei quali li ho già scritti".

Kahlil descrive la propria idea del prologo, non ancora redatto: un uomo – un poeta, un visionario o un profeta – vive in campagna, vicino a una città mediterranea. La città lo ama, ma questo amore non è sufficiente perché le persone che vivono nei pressi gli si avvicinino. La gente si rende conto che la sua presenza lì è temporanea, e che un giorno partirà. Una mattina, compare una nave, che si dirige verso la riva. Nessuno dice niente, ma tutti sanno che la nave è lì per quell'uomo. E a quel punto, siccome lui li lascerà per sempre, tutti gli si avvicinano pregandolo di insegnar loro ciò che ha appreso in quegli anni di solitudine. Qualcuno dice: "Spiegaci l'Amicizia", e così via.

Kahlil legge alcuni di questi brani, e insieme intitolano provvisoriamente il libro Consigli[1]. *A quel punto lui dice: "Non credi che sia tutto il risultato delle nostre conversazioni di questi anni?".*

[1] Titolo dato provvisoriamente al *Profeta* quella sera e che, in alcune delle lettere seguenti, verrà mantenuto.

11 maggio 1918

Credo che tu debba continuare le lezioni di pittura a scuola, Mary, perché in questo modo gli alunni possono visualizzare ciò che stanno pensando. Quando si proietta un'immagine di qualche cosa, questa non viene mai dimenticata. Noi siamo figli delle forme e dei colori, e apprendiamo per mezzo di essi.

Mi torturo perché le persone, invece di usare le immagini, non fanno altro che parlare, e io non posso interromperle continuamente. Un torrente di parole, parole, parole continua a sgorgare, e tuttavia nessuno si rende veramente conto di quello che sta dicendo.

Sono ormai sei anni che tu e io continuiamo a pensare, a parlare, a lavorare insieme. Ma, per noi, tutto ha significato, perché queste idee, dopo essere state solo parole, sono entrate a far parte di noi. Ma questa non è una regola che possa essere applicata a chiunque.

Voglio che *Consigli* sia un libro semplice. Non c'è niente di male se alcune parti saranno dure o amare: l'importante è che il mio personaggio dica la verità.

1° settembre 1918

Una volta notai un uomo seduto vicino a Gerusalemme. Tutte le volte che passavo di lì, lui era sempre nello stesso posto. Domandai alla mia guida chi era, e la guida, ridendo, mi rispose che si trattava di un vecchio pazzo.

Decisi allora di avvicinarmi. Gli domandai:

"Che cosa sta facendo?"

"Sto guardando i campi", mi rispose l'uomo.

"E cos'altro?" insistetti io.

"Non è forse sufficiente questo, per capire la vita?" replicò quell'uomo che definivano pazzo.

Noi viviamo lottando per le cose complicate, e dimentichiamo che guardare i campi è più che sufficiente per comprendere Dio.

17 novembre 1918

Ci sono momenti in cui la vita, apparentemente priva di significato, sembra averne mille contemporaneamente. Il nostro cuore è in tutti i luoghi: noi ci sediamo sulla riva del fiume e ne beviamo le acque più profonde. Avvertiamo che anche l'acqua ha sete, e sta bevendo noi. Allora siamo tutt'uno con l'Universo.

Tanto tempo fa, dissi: "Dio si trova al di là di mille veli di luce". Adesso direi: "Il mondo è appena passato attraverso uno di questi veli, e Dio è più vicino".

Tutto è diverso. I volti per le strade, sui treni, nelle automobili mostrano un'altra bellezza. E non è solo per la fine di questa guerra che ha coinvolto tutta l'Europa, né tantomeno per la vittoria dello schieramento a cui apparteniamo. È per la predominanza dello spirito sul materiale: una goccia d'olio, messa quattro anni fa sul fondo dell'oceano, finalmente è riemersa e trova la luce.

Ma perché ti sto scrivendo questo, Mary? Tu sapevi tutto quello che sarebbe successo. E sei stata tu, più di chiunque altro a questo mondo, che ha alimentato la mia fede in questa vittoria.

Nel 1919, i contatti personali fra i due diventano molto più stretti, e non c'è quasi alcuna corrispondenza significativa fra Mary Haskell e Kahlil Gibran. Anche nel diario di Mary Haskell c'è un solo appunto, in cui lei commenta un incontro con Kahlil: lui dice che nel corso dell'anno successivo pubblicherà il libro Consigli, *che ha deciso di intitolare* Il Profeta.

18 aprile 1920

Tutto il mio essere è completamente impregnato del *Profeta*. In questo libro ho racchiuso alcuni ideali, e il mio desiderio di viverli seguendo ciò che ho scritto.

In realtà, ho tentato di trovare *Il Profeta* fin da quando avevo quattordici anni, ma solo adesso sono consapevole delle verità che sono apparse via via nella mia vita, e che si sono manifestate in questo libro. Il libro sta cambiando tutto dentro di me.

Amo le persone più che mai, anche se continuo a sentirmi solo e so di non essere una buona compagnia per gli altri, eccetto che per te.

Ma ho imparato ad amare. Quando non amiamo, o quando non ci sentiamo belli, cerchiamo di essere sempre occupati. E non permettiamo che avvenga la nostra crescita interiore, perché tentiamo di controllarla.

Che grande stupidaggine! Non dobbiamo mai dire: "Voglio crescere in questa direzione", oppure:

“Adesso voglio dedicarmi a esplorare quest’altra direzione”.

Dobbiamo piuttosto abbandonarci al moto della crescita, e lasciarci condurre da lei.

18 aprile 1920

La vita è ironica. Spesso, quando tentiamo di essere delicati e tolleranti, offendiamo gli altri. Bisogna fare molta attenzione quando si parla con le persone. Se dico a qualcuno: "Capisco che tu la pensi così, ma, quando avrai più esperienza, comprenderai meglio questo argomento", quella persona si infuria, mi volta le spalle e se ne va.

Se, invece, io dicessi: "Stai dicendo una sciocchezza", quella stessa persona mi presterebbe la massima attenzione e passerebbe il resto della giornata a discutere con me.

20 aprile 1920

Sto lavorando a quella parte del *Profeta* in cui parlo del delitto e del castigo. Non riesco a mostrare indifferenza nei confronti dei criminali, e leggo sempre le pagine di cronaca nera. Quando vedo qualcosa su un falsario, mi sento come se avessi partecipato alla falsificazione. Un articolo su un delitto fa sì che anch'io mi senta l'assassino.

Ogni volta che un essere umano fa qualcosa di sbagliato, lo facciamo tutti noi: ciò che accade sulla Terra è un riflesso delle emozioni di ciascuno dei suoi abitanti.

Noi siamo in tutti, e tutti sono in noi. Il poeta e il criminale vivono nel cuore di ciascun uomo.

21 aprile 1920

L'amore è cosciente di se stesso. È un impulso creativo, non ha altro proposito se non quello di colmare se stesso.

L'essere umano è perfetto nelle sue imperfezioni. Devo accettare che, quando qualcuno si muove molto lentamente in una certa direzione, è solo perché questa è la sua unica maniera di percorrere quel cammino.

La stessa cosa accade con l'amore.

20 maggio 1920

Ho passato una splendida serata alla Società di Scienze e Arti. C'era W.B. Yeats con la moglie, e ha letto alcuni brani delle sue poesie.

Lei è molto strana: mentre Yeats recitava i suoi versi, sembrava distante e scialba. Quando ci siamo seduti per cenare insieme, invece, si è dimostrata vivace, interessata ed estremamente colta. Sembra che Yeats capisca l'importanza di questa donna nella sua vita.

Il proponimento dell'esistenza si manifesta sempre attraverso il lato femminile: è l'unica maniera di cui l'uomo dispone per comprendere la propria missione.

22 maggio 1920

Noi, all'inizio, vediamo qualsiasi novità come un ulteriore diversivo. A poco a poco, la novità viene compresa: e allora la dimentichiamo. Eppure, a mano a mano che la dimentichiamo, essa penetra in noi a livello inconscio, e ci rende diversi da quello che eravamo prima.

Tutto ciò che noi abbiamo già vissuto non si perderà mai. Non riesco a pensare a una *fine* per niente su questa Terra.

Allora, perché tentare di capire il principio?

20 agosto 1920

L'unica maniera per trovare una giustificazione ai nostri giorni è di amare e lavorare con quanto di meglio c'è dentro di noi. Dobbiamo usare il cuore del cuore, e vedere il mondo con occhi da cui sempre sgorghino le lacrime, siano esse di gioia o di tristezza. Conosco dei poeti che non si mostrano mai nella loro completezza, perché hanno paura di essere riconosciuti e di trovarsi infine isolati. A loro questo non piace, perché non riescono ad apprezzare la propria compagnia.

Paradossalmente, questa solitudine è qualcosa che spaventa e attrae gli uomini. Io, per esempio, *adoro* stare da solo. Quando sono circondato dalla gente, e riesco comunque a riconoscere la mia personale solitudine, sono capace di amare tutti intorno a me, con molto più distacco. Ma, a mano a mano che le persone pretendono che io abbandoni questa mia solitudine interiore, perché esse non si sentano sole, la magia di questo amore scompare.

27 agosto 1920

Sono proprio un tipo ostinato. Se tutte le persone della terra si riunissero per dirmi che l'anima muore insieme al corpo, questo non cambierebbe affatto la mia convinzione, perché io so che la mia anima non morirà.

Adesso sto lavorando a quella parte del *Profeta* in cui scrivo del matrimonio. A un certo punto dico: "Che l'uomo e la donna siano capaci di riempire il calice l'uno dell'altra, ma che non bevano mai dalla stessa coppa". Che cosa intendo dire? Che una coppia non può vivere la stessa vita. Quando si intraprende questo cammino per amore, si finisce per scoprire che conduce all'odio.

3 settembre 1920

Qualche cosa che ho scritto in passato non mi sembra più il riflesso di ciò che penso oggi. Eppure, quando ho messo sul foglio quelle cose, per me erano reali, e devo lasciarle lì.

La mia vita è come una camminata fino alla Città Sacra.

La mia opera è quanto di strano incontro il primo giorno di viaggio.

Al primo contatto, questa cosa strana mi sembra triste e amara.

Il giorno seguente è un po' meno amara, e noi siamo più vicini alla Città Sacra.

Il terzo giorno comincia già a essere allegra. E continua a migliorare il quarto, il quinto e il sesto giorno.

Il settimo giorno di viaggio, già comincia a parlare di astri e di stelle. E quando arriviamo alla Città Sacra, non la ritrovo più, perché va direttamente al tempio e si offre a Dio.

3 settembre 1920

L'intensità della vita dipende dal modo in cui la guardiamo. Ci sono dei pittori che troverebbero bello questo piatto di grappoli d'uva che si trova sul tavolo. E tenterebbero di dipingerli in tutta la loro freschezza, il loro colore, la loro luce e la loro forma.

E noi, quando guardiamo il quadro che ne è venuto fuori, dobbiamo pensare ai vigneti, a come sono cresciuti, a com'è andata la vendemmia. Pensare al negozio dove il vino di queste uve sarà venduto, e alle bocche che lo gusteranno; capire che ciascun grappolo d'uva proviene da un posto diverso, anche se sono tutti lì nello stesso piatto. Dobbiamo notare che questo piatto è cinese, e ricordare tutto quello che abbiamo appreso sulla Cina.

Allora i nostri occhi si rivolgono al tavolo su cui si trova il piatto, e pensiamo al legno di cui è fatto, a com'era l'albero da cui è stato preso, a chi lo ha tagliato, e a dove viveva il taglialegna con la sua famiglia.

Vedere le cose in questa maniera arricchisce l'immaginazione, e ci apre a un mondo molto più ricco.

I bambini dovrebbero apprendere a fare questo.

7 settembre 1920

Penso a Cristo. Nel secondo o terzo secolo dopo la sua morte, nessuno era sufficientemente forte per mangiare il possente alimento che ci ha lasciato. Allora si cercavano nei Vangeli solo le parti più leggere, o quelle che potevano essere meglio insegnate agli uomini. Nessuno, a quell'epoca, poteva affrontare direttamente il gigantesco compito che Cristo ci ha affidato.

Il maggiore insegnamento di Cristo è che "il Regno dei Cieli è dentro di noi". Può considerarsi povero un uomo che ha questo Regno nel proprio cuore?

Se tu e io non fossimo nulla, saremmo due nullità insieme. E che cosa avremmo? Il vuoto nell'anima.

Se l'umanità intera comincia a pensare di non rappresentare granché, il mondo non avanzerà mai.

Ma il Regno dei Cieli è dentro di noi. Allora bisogna calmarsi, lasciare che il centro della nostra esistenza si tranquillizzi, e in quel momento scoprire che l'amore esiste.

10 settembre 1920

Per vivere bisogna avere coraggio. Sia la semente intatta sia quella che sta incrinando il guscio hanno le stesse proprietà. Eppure, solo quella che sta spaccando l'involucro è in grado di lanciarsi nell'avventura della vita.

Un'avventura che richiede un'unica audacia: scoprire che non si può vivere attraverso l'esperienza degli altri, e che bisogna essere disposti ad abbandonarsi. Non si possono prendere gli occhi di uno, le orecchie di un altro, per scoprire in anticipo che cosa accadrà: ogni esistenza è diversa dall'altra.

Qualsiasi cosa mi aspetti, desidero che il mio cuore sia pronto a riceverla. Che io non abbia paura di posare il braccio sulla spalla di qualcuno, anche se dovesse essermi tagliato. Che io non tema di fare qualcosa che nessuno ha mai fatto prima, anche se dovessi essere ferito. Lasciami essere stupido oggi, perché la stupidità è tutto ciò che possiedo da donare stamane; posso essere rimproverato per questo, ma non ha importanza. Domani, chissà, forse sarò meno stupido.

Quando due persone si incontrano, devono essere come due gigli acquatici che si schiudono l'uno accanto all'altro, mostrando ciascuno il proprio cuore dorato e riflettendo il lago, le nuvole e i cieli. Non riesco a capire perché un incontro generi sempre l'opposto di tutto ciò: cuori chiusi e paura di soffrire.

Ogni volta che sto con te, conversiamo per quattro, sei ore di seguito. Se intendiamo trascorrere insieme tutto questo tempo è importante non tentare di nascondere niente, e mantenere i petali bene aperti.

14 settembre 1920

L'energia divina ha creato tutto ciò che esiste, e in ogni cosa ha messo un urlo vitale, un urlo che tu non puoi ignorare. Se vuoi trovare Dio, devi contribuire alla ricerca, partecipando alla vita.

La solitudine è una caratteristica dell'essere umano, ma l'urlo vitale è lì, in ogni angolo, per chiunque lo voglia sentire. Ogni volta che qualcuno mi si avvicina e dice: "Ma credi davvero in Dio?", io capisco che questa persona ha disperatamente bisogno di un motivo per credere anche lei.

Ma l'esistenza di Dio non può essere dimostrata, e io non ho mai tentato di convincere nessuno. Ci sono molte concezioni di Dio, ma nessuna serve a niente.

Nessuno può essere aiutato a capire l'Invisibile: bisogna che ciascuno parta per la propria avventura.

20 settembre 1920

Mia amata Mary, mi dispiace molto che il tuo viaggio in Egitto sia rimandato. Ma l'Egitto è lì da seimila anni, e continuerà a esserci. Perché, allora, affrettarsi? Ciò che la polvere del tempo ha lasciato in quel paese è praticamente immutabile.

Il 10 ottobre 1920, Mary Haskell scrive una lunga lettera a Kahlil Gibran, dalla quale traspare una profonda tristezza. Dice che i genitori degli alunni hanno chiesto di togliere i disegni di Kahlil dalle pareti della scuola. Secondo loro, vengono affrontati temi erotici, anche se i dipinti si riferiscono alla mitologia e a passi della Bibbia.

"Secondo me, le ragazze dovrebbero sentirsi profondamente onorate di poter contemplare quelle figure nude", dice lei nella lettera, affermando poi che una tale contemplazione farebbe loro capire che non c'è nulla di perverso nella nudità, e che il corpo è qualcosa che è stato fatto perché in esso ci si senta a proprio agio.

Per Mary non c'è nulla di sbagliato nel risvegliare il desiderio, giacché nessuno si deve vergognare di sentirsi attratto da ciò che è bello: il pericolo maggiore è il terrore dei genitori, che alla fine potrebbe contagiare l'innocenza dei giovani. Decide di lasciare i dipinti dove stanno.

11 ottobre 1920

Mia adorata Mary, credo che la cosa più intelligente da fare al momento sia di togliere da lì quei quadri. Sapere che il mio lavoro ti sta causando dei problemi è per me una fonte di dolore.

Non possiamo insegnare a nessuno la purezza di un corpo nudo: è qualcosa che ciascuno deve scoprire da sé. Non possiamo portare gli altri a capire il vero significato della vita: hanno bisogno di scoprire da soli che alcune parti dell'albero ascendono al cielo e altre affondano nel suolo.

3 gennaio 1921

Mary, voglio sapere se hai una vaga idea di come tu sia riuscita ad ampliare la mia comprensione del mondo. Tu mi provochi continuamente, e mi costringi a scoprire cose nuove.

L'amore, come un corso d'acqua, dev'essere in continuo movimento, ed è proprio quello che tu fai con me. Ma che cosa accade alla maggioranza delle coppie? Credono che le acque del fiume scorrano per sempre, e non se ne preoccupano più. Poi arriva l'inverno, e le acque gelano. Solo allora comprendono che niente, in questa vita, è assolutamente garantito.

8 febbraio 1921

Gesù aveva due principi fondamentali: il Regno dei Cieli e la giustizia sulla terra. A causa del secondo, i sacerdoti lo mandarono a morte.

Gesù avvertì il Regno dei Cieli nel cuore degli uomini – un mondo di bellezza, di verità, di passione -, e per questo si preparò a morire, giacché credeva che soltanto il suo martirio ci avrebbe fatto capire l'importanza di questo Regno.

Gesù avrebbe potuto salvarsi semplicemente dimostrando ai sacerdoti che per sé non chiedeva alcun potere terreno. Ma, rifiutandosi di andare a morte, il suo sacrificio non sarebbe stato totale: Gesù sapeva che le parole e gli insegnamenti, da soli, non bastano.

Allora decise di concedersi alla crocifissione, nella certezza che la morte avrebbe fissato per sempre i Suoi insegnamenti nei discepoli. Dimostrando il proprio coraggio di fronte ai persecutori, sarebbe riuscito a mantenerli uniti, fedeli a ciò che Lui aveva insegnato.

Sono assolutamente certo di quello che sto dicendo, così come sono sicuro del fatto che la decisione di morire dev'essere stata accettata da Gesù solo dopo un'intensa lotta con se stesso. Egli morì, e l'idea del Regno dei Cieli non si è mai più dispersa nell'oscurità.

12 agosto 1921

L'esistenza non comporta soltanto un aspetto fisico. Le persone più vecchie possono essere molto più vive dei giovani, perché hanno sperimentato più cose.

Il problema della vecchiaia è dato dal fatto che, per paura della morte che si avvicina, gli uomini cominciano ad avere terrore di vivere. Non capiscono che è solo la conclusione di una tappa a rendere possibile il passo successivo: la Natura non compie mai dei balzi. Come non spezza i rami giovani, non impedisce che un albero, vecchio e stanco, cessi di esistere.

Questo è ciò che chiamiamo ordine naturale delle cose. Tante volte mi immagino dopo la morte, mentre lentamente ritorno agli elementi del suolo: è il grande abbandono, che trasforma tutto in silenzio e calma, affinché le cose possano rinascere. L'età prepara il mio corpo a fertilizzare la terra da cui sono venuto.

L'autunno del corpo conduce all'inverno, e l'inverno è necessario perché possa sopraggiungere una nuova primavera. Allo stesso modo, il mio spirito si sposta da una tappa all'altra, sapendo che ogni stagione ha le sue qualità e i suoi difetti.

8 dicembre 1921

Mia adorata Mary, vorrei poter immaginare una grande città al buio. New York sarebbe impressionante e magnifica quanto le piramidi, se la si potesse vedere solo con il bagliore delle stelle e della luna, e nient'altro.

Che differenza enorme fra la luce che viene dall'alto e quella che viene dal basso!

12/14 gennaio 1922

Il matrimonio è la miglior maniera di dare, e di continuare a dare. Tuttavia, non possiamo mai dimenticare che gli esseri umani saranno sempre separati. Il periodo precedente al matrimonio è l'epoca meravigliosa in cui ci avviciniamo alla nostra amata: conversiamo, apprendiamo ciò che la rende felice, e scopriamo il modo per far sì che questa felicità non svanisca.

Non possiamo consentire che il contatto oppressivo del mattino, del mezzogiorno, del pomeriggio e della sera distrugga questo incanto. Per far sopravvivere questo romanticismo iniziale, bisogna che ciascuno riservi una parte del proprio tempo per sé. Nessuno di noi è saggio quanto basta per prendere una decisione che interferisca nella vita dell'altro.

Basta osservare una semplice legge, l'onestà, e tutto sarà esattamente come abbiamo sognato.

14 gennaio 1922

Cerca di trovare quanto di meglio c'è in una persona, e diglielo. Tutti abbiamo bisogno di questo stimolo: ogni volta che il mio lavoro è lodato, io divento più umile, perché non mi sento ignorato o indesiderato.

Tutti possiedono qualcosa che merita di essere lodato. Le lodi significano comprensione. Siamo degli eccellenti esseri umani nel nostro intimo, e nessuno è migliore degli altri. Impara a vedere la grandezza del tuo prossimo, e vedrai anche la tua.

14 aprile 1922

Ogni volta che due amanti si incontrano, in realtà sono quattro voci che parlano. I due esseri visibili hanno un rapporto molto diverso da quello dei due esseri invisibili.

Essi possono magari discutere violentemente sul piano fisico, ma le loro anime sono in pace, e desiderano sempre più avvicinarsi l'una all'altra.

25/28 aprile 1922

Per Mini, la sua cecità è la cosa più normale e naturale. Non solo egli riceve più affetto delle persone cosiddette normali, ma può anche esprimere, con molta più libertà, ciò che sente nel proprio cuore. Quello che a te sembra una maledizione, per lui è un miracolo.

Lui interpreterà sempre il mondo secondo il proprio Regno personale. Non credere che un invalido sia qualcuno che non vale niente.

Persone che sono in un mondo diverso dal nostro possono essere i migliori operai nella costruzione di questo pianeta, perché i loro occhi vedono cose che noi siamo incapaci di scorgere. Le loro menti interpretano l'Universo in maniera differente, e lo ridisegnano a loro modo.

Noi non siamo i creatori della luce, ma solo i raggi di questo Grande Bagliore.

9 maggio 1922

Il dottor Smith dice che in me non c'è niente che non va, malgrado le continue palpitazioni. Devo solo prendermi più cura del mio cuore, che ho tenuto sotto pressione per vent'anni. Mi ha detto: "Lavora, fa' quello che vuoi, scrivi ciò che ti passa per la testa, ma non cercare di concludere tutto contemporaneamente. Dedica solo quattro ore della giornata a tutto ciò".

Eppure il mio dolore non è fisico. C'è qualcosa in me, come ti ho già detto, che non riesce assolutamente a venir fuori. Tutto ciò che faccio mi sembra falso, soltanto vicino a quello che potrei fare. È come se da anni aspettassi un figlio, e ora questo bambino non riuscisse a nascere; sono sempre in un continuo travaglio, e comunque sia non se ne cava nulla.

Se la cosa che voglio manifestare al mondo non comparirà prima della mia morte, tornerò a rinascere, e rinascerò tante volte quante ne saranno necessarie per riuscire a esprimerla.

So che mi dici sempre cose meravigliose, Mary, ma ogni volta che le ascolto, mi sento ferito, perché tu parli di ciò che ho fatto, e io conosco soltanto quello che sono capace di fare.

19 maggio 1922

I poeti devono prestare ascolto al ritmo del mare. Un ritmo che è presente in tutti gli scritti del Vecchio Testamento, e quando lo senti, c'è qualcos'altro che sorge al di là dei suoni. Poi lo risenti, e di nuovo nasce un'altra interpretazione, diversa dalla precedente.

Così sono le onde. Ne vedi una che arriva con tutta la sua forza e s'infrange sulla sabbia, trasportando con sé una densa spuma. Poi un'onda più piccola torna nell'oceano, con un rumore meno intenso: una sorta di rumore secondario. Arriva una seconda onda che s'incontra con la prima. E in quel momento c'è una pausa. Immediatamente dopo verrà una nuova onda, e il flusso e il riflusso continueranno per sempre.

Questa è la musica che dobbiamo apprendere: le cose vanno e vengono, sempre.

30 maggio 1922

Sto pensando di includere nel *Profeta* un testo sull'atto del ricevere. Tutti vogliono dare qualcosa, ma in genere nessuno accetta. Io posso avere una casa, e invitare la gente a visitarla. La gente verrà, mangerà quello che offrirò, accetterà le mie opinioni, ma non riuscirà mai a ricevere l'Amore che ha generato l'invito.

L'amore è la cosa che più desideriamo avere, e più desideriamo dare. Eppure nessuno si rende conto di come venga offerto e rifiutato continuamente.

6/16/17 giugno 1922

Tu sei molto generosa, Mary [*nelle lettere più recenti, lei manifesta una continua preoccupazione per il precario stato di salute di Kahlil*]. Ma ci sono due cose che non vanno mai dimenticate: la pazienza – e cioè lasciare che le cose seguano la propria rotta – e la fedeltà a ciò che si vuole.

Le persone si piacciono reciprocamente perché si assomigliano, oppure perché sono totalmente diverse. Per i popoli primitivi la morte non significava nulla: solevano venerare i propri antenati e arrivavano persino al punto di portare del cibo nel luogo dove erano sepolti. Vedevano tutto in maniera semplice e diretta, sapendo che ogni cosa di questo mondo si trasforma in qualcosa di diverso, ma non cessa mai di esistere. Un corpo imputridisce, e poi diventa un albero. Né i popoli primitivi né gli uomini più illuminati credono nella morte.

Dio mi ha concesso molto in questa vita, attraverso di te. Come dev'essere bello per te sapere che stai agendo come se fossi la mano di Dio! E questa mano io la conosco, posso toccarla e prendere tutto ciò che mi offre. Mi piace essere un piccolo sasso sulla sponda di un grande fiume.

Che Dio ti benedica, mia amata Mary! E che gli angeli siano con te, sulla terra o nel mare.

11 settembre 1922

Ogni amore è sempre l'amore più grande del mondo, e il più importante. L'amore non è qualcosa di simile a una torta, che possiamo dividere in parti più grandi o più piccole. L'amore è uno solo. E tutto è amore.

Certo, puoi sempre dire a qualcuno: "Lui è la cosa più importante che desidero a questo mondo". Ma tutti coloro che amano si sentono in diritto di dirlo, e in piena ragione.

Perciò io posso affermare senza paura: la nostra relazione è quanto di più bello mi sia accaduto nella vita.

Dal 30 settembre al 7 ottobre 1922

La differenza tra un profeta e un poeta è che il primo vive quello che insegna.

Il poeta non lo fa: può scrivere versi magnifici sull'amore, e tuttavia continuare a non essere amato. Quando si accetta di non essere amati, si finisce per trasformarsi in qualcuno impossibile da amare.

L'arte è il tentativo di esprimere ciò che l'umanità ama. In tutte le epoche, noi amiamo la bellezza. Non tutto ciò che è bello è buono, ma la bontà è sempre bella.

7 ottobre 1922

Mi sento un po' tua madre e tuo padre, e credo che questo sentimento sia reciproco. Noi siamo diventati una persona sola, Mary. Tu sei entrata nella mia anima, e se io volessi eliminarti, distruggerei me stesso.

Questa relazione non ci appartiene più. Non riesco più a immaginare me stesso nell'atto di creare qualcosa se tu non sei presente: un amore dev'essere abbastanza forte da poter sperimentare questa sensazione. Ma penso che il periodo in cui ho sofferto per causa tua mi abbia insegnato ad assorbire meglio questa idea.

Penso inoltre che, senza questo periodo di sofferenza, nulla sarebbe tanto intenso e bello come lo è adesso.

26 e 28 dicembre 1922

In tutta la vita ho conosciuto solo una donna con cui mi sentissi intellettualmente e spiritualmente libero, e con la quale potessi essere soltanto me stesso: quella donna sei tu.

Il momento più divino dell'essere umano è quando riesce a meravigliarsi davanti alla vita, dinanzi alla totalità dell'esistenza, nella sua forma integra e pura. Nei momenti di grande passione, molti uomini riescono ad avere questa visione.

In te, io ritrovo tutto ciò che cercavo: uno spirito che ha fatto spiccare il volo alla mia anima, che ha gettato nuova luce sulle cose antiche, che ha offerto il proprio grembo perché il mio capo potesse riposare. Adesso tu sei più vicina di prima, e sento che Dio si manifesta in tutto ciò che ci unisce.

26/27 maggio 1923

Il matrimonio non permette a nessuno di schiavizzare l'altro, se non in quelle aree dove tu permetti di essere soggiogato. Tantomeno concede altra libertà oltre a quella che tu stesso hai deciso di consentire. Noi possiamo ricevere solo quello che diamo.

Per le persone intelligenti la base del matrimonio è un'amicizia schietta, in cui si lotta per i propri sogni e per i sogni della persona che si ama. Senza questi sogni, il rapporto matrimoniale si trasforma in una serie di pranzi e di cene nella cucina di casa.

Non esistono due anime gemelle. Nell'amicizia e nell'amore, le due persone alzano le mani insieme per afferrare una cosa che, se fossero separate, non riuscirebbero a raggiungere.

La tradizionale frase della cerimonia del matrimonio – "Tu ricevi Tizio o Tizia, in salute o in malattia..." – è totalmente assurda.

Come si può “ricevere” un altro?

Se così fosse, uno dei due cesserebbe di esistere: o, meglio, i due esseri insieme perderebbero la propria identità.

23 giugno 1923

Il dolore può essere creativo.

Cerchiamo di essere franchi e analizziamo il nostro caso: io ho sofferto molto per causa tua, e lo stesso è accaduto a te. Ma proprio grazie a questo abbiamo scoperto delle cose, dentro di noi, di cui non conoscevamo neppure l'esistenza.

Certuni ottengono quanto di meglio esiste nella vita servendosi della gioia, altri usano la sofferenza. Ma la maggior parte degli esseri umani non si permette né una cosa né l'altra: queste persone, allora, non ottengono niente, e si limitano solo a passare per questa vita.

Il 2 ottobre 1923, Mary Haskell riceve la prima copia del Profeta. *Durante la loro lunga corrispondenza, ha già commentato altri lavori di Kahlil Gibran, con un'analisi affettuosa, ma riservata. Questa volta, però, si esprime in maniera profetica: lo benedice per l'energia e la pazienza del fuoco, dell'aria, dell'acqua e della roccia che egli dimostra di possedere.*

Mary si dice certa che il libro verrà tramandato di generazione in generazione. Quando avranno l'animo avvolto dalle tenebre, gli uomini lo apriranno per ritrovarsi in armonia con il Cielo e la Terra. Dice che un albero può morire colpito da un fulmine, o abbattuto nella foresta; nel caso del Profeta, *invece, questo fulmine ha portato la vita. Anche dopo che il suo corpo sarà trasformato in polvere, esso si moltiplicherà nel calore di quelli che ameranno Kahlil perché ha scritto questo libro.*

23 novembre 1923

Io non avrei potuto scrivere *Il Profeta* senza di te.

Ci sono tre cose che la vita mi ha dato di grandioso: mia madre, che mi ha lasciato partire; tu, che hai avuto fede in me e nel mio lavoro; e mio padre, che ha risvegliato il guerriero che abitava nella mia anima.

Nel 1923, Mary Haskell si trasferisce a Savannah, in Georgia, andando a vivere nella casa di Florence Mini. Kahlil continua a dividersi fra New York e Boston, lavorando a vari progetti contemporaneamente, come il seguito del Profeta *e alcune opere da esporre. Egli si lamenta che, a causa del successo ottenuto dal libro, quasi non ha più tempo per dedicarsi alla pittura.*

La relazione di Mary con Florence Mini si palesa sempre di più nelle lettere che lei scrive a Kahlil Gibran. Dopo aver resistito per un certo tempo, Mary decide di sposare Mini. Da quel momento, dirada moltissimo i viaggi a New York, e la corrispondenza con Kahlil si riduce sensibilmente.

Gibran incontra Barbara Young, con la quale inizia una relazione stabile. Anni più tardi, la Young scriverà L'uomo del Libano, *un'interessante biografia dello scrittore.*

La salute di Gibran, già cagionevole, comincia a peggiorare.

22 aprile 1924

Mia amata Mary,
spero con tutto il cuore che le cose ti vadano bene. Quanto a me, va tutto come dovrebbe andare. Lavoro tutti i giorni, facendo qualche disegno o scrivendo qualcosa in arabo. Ma passo la maggior parte del tempo camminando su e giù in questo studio, sognando e pensando a luoghi lontani, a idee ancora avviluppate da una nebbia che non riesco a capire.

A volte sento di non avere più alcuna forma. Mi sembra di essere una nuvola, in procinto di trasformarsi in pioggia o neve.

Come vedi, Mary, comincio a vivere molto al di sopra del suolo. In passato, ero soltanto una radice, e adesso che sono libero non so più cosa farmene di tanta aria, tanta luce e tanto spazio.

Ho già sentito storie di persone che, dopo aver trascorso un lungo periodo in prigione, la prima cosa che fanno uscendo di galera è quella di commettere un delitto, perché si sono disabituate a vivere in libertà.

Spero di non dover tornare in prigione, Mary, perché Dio è una benedizione. Che Egli infonda nel tuo generoso cuore la Sua luce sacra.

Anche se tu sei lontana, prima di addormentarmi prendo sempre quel meteorite che mi hai regalato e ne sfioro la superficie: questo mi dà la consapevolezza delle immense distanze e dei milioni di anni.

WESTERN UNION
TELEGRAMMA

DESTINATARIO: MARY HASKELL
12 APRILE 1931. 11:28 AM

KAHLIL È DECEDUTO VENERDÌ SERA. LO PORTEREMO A BOSTON LUNEDÌ. SCRIVA AL 281, FOREST HILLS ST.

MARY GIBRAN

Mia adorata Mary,
che tu sia benedetta per sempre, per tutto ciò che di bello mi hai dato. Ogni volta che parli con me, io sento nel cuore un delizioso dolore.

Tu mi indichi sempre la cima di una montagna, e dici: "Quando ci arriverà Kahlil?". Ogni volta che pronunci questa frase io sento, dietro le tue parole, un'altra voce che dice: "Vorrei che Kahlil ci arrivasse domani".

È bello sapere che la montagna possiede una cima. Meglio ancora è avere la certezza che la tua amata ti vuole vedere lassù domani.

La mia vita è solo un insieme di note musicali che il tuo cuore trasforma in melodia. Vorrei che fossimo sempre capaci di vivere tutto ciò che di sacro vi è in ogni istante.

Con tutto l'amore di

Kahlil

Indice

“Dall’alto della montagna
tu puoi vedere
come sia grande
il mondo,
e come siano ampi
gli orizzonti.”

Letteraria Bompiani
L.26.000

Paulo Coelho

Manuale
del guerriero
della luce

asSaggi Bompiani

Il guerriero della luce crede.
Poiché crede nei miracoli,
i miracoli
cominciano ad accadere.

asSaggi Bompiani
L.12.000

I Grandi Tascabili Bompiani
Reg. Trib. di Milano n.269 del 10/7/1981
Direttore responsabile: Francesco Grassi

Finito di stampare nel mese di marzo 1999
presso il Nuovo Istituto Italiano d'Arti Grafiche - Bergamo

Printed in Italy